Dla mojego taty, Dużego Dzielnego Kena, który nie boi się
niczego oprócz mojej mamy, Małej Wojowniczej Oliwki

For my dad, Big Brave Ken, who isn't afraid of anything,
apart from my mum, Little Belligerent Olive.

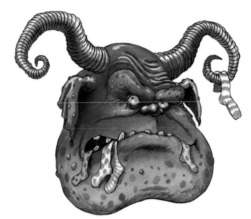

Big Brave Brian copyright © Frances Lincoln Limited 2007
English text and illustrations copyright © M.P. Robertson 2007

Polish translation copyright © Frances Lincoln Limited 2008
Translation into Polish by ToLocalise
www.tolocalise.com
info@tolocalise.com

This edition published in Great Britain and in the USA in 2008 by
Frances Lincoln Children's Books, 4 Torriano Mews,
Torriano Avenue, London NW5 2RZ

www.franceslincoln.com

British Library Cataloguing in Publication Data available on request

ISBN 978-1-84507-877-5

The illustrations in this book are watercolour and black pen

Set in New Century Schoolbook CE

Printed in Singapore

1 3 5 7 9 8 6 4 2

You can find out more about the books by M.P. Robertson
on his website: www.mprobertson.co.uk

DUŻY DZIELNY DANIEL

★

BIG BRAVE BRIAN

★

M.P. Robertson

F

FRANCES LINCOLN
CHILDREN'S BOOKS

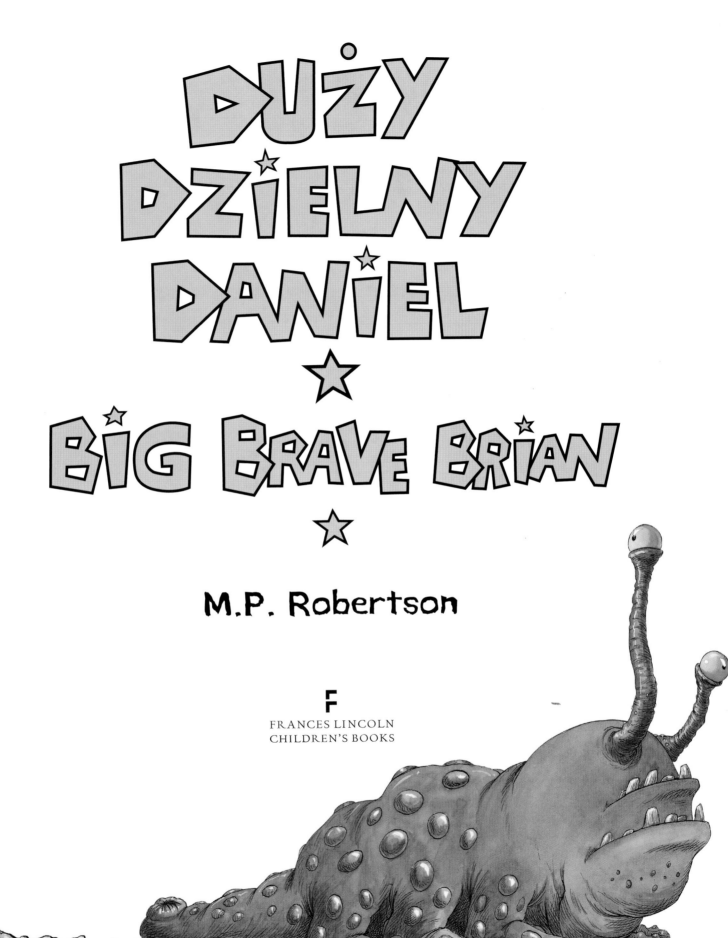

Duży Dzielny Daniel

to najdzielniejszy człowiek na świecie.

Big Brave Brian is the bravest man in the world.

Niedźwiedzie grizzly naburmuszone

pod schodami przyczajone - to nie

wyzwanie dla Dużego Dzielnego Daniela

Grumpy Grizzly Bears

that live beneath the stairs
are no match for Big Brave Brian.

Duży Dzielny Daniel nie boi się

siekających w siedzenie
sedesowych potworów,

które terroryzują toaletę.

Big Brave Brian is not afraid of
Bottom-Biting Bog Monsters
that terrorize the toilet.

Włochate brzuchate Pająki,
Incy Wincy Spiders

które wyłażą z rur nie przerażają Dużego Dzielnego Daniela.

that climb up the spout don't frighten Big Brave Brian.

Siorbiące śluz ślimakostworzenia,

które spijają mu wodę z kąpieli jak zupę
to żaden problem dla Daniela.

Slime-Slurpin' Slug Creatures

that drink his bathwater like soup
hold no fear for Brian.

Groźnie

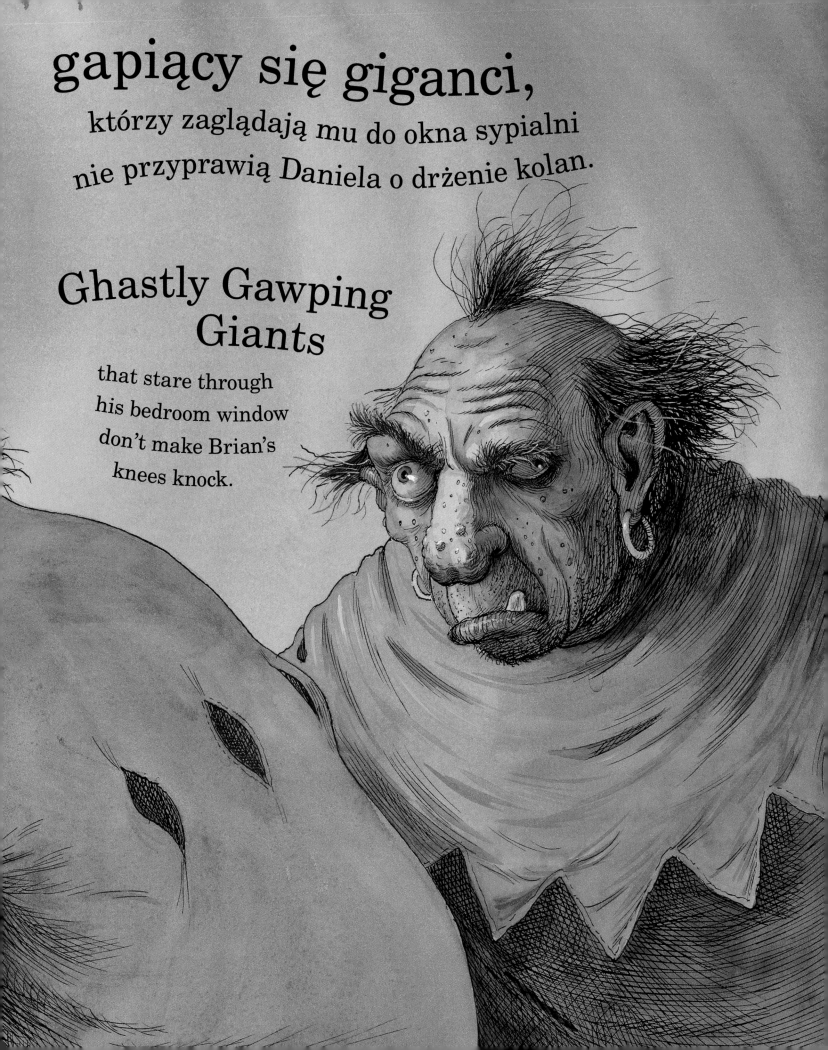

gapiący się giganci,

którzy zaglądają mu do okna sypialni
nie przyprawią Daniela o drżenie kolan.

Ghastly Gawping
Giants

that stare through
his bedroom window
don't make Brian's
knees knock.

Chochliki, które chrupią pluszowe misie

i wyskakują ze skrzyni z zabawkami –

Daniel nie dostanie przez nie gęsiej skórki!

Teddy Gobbling Goblins that tumble from the toy chest don't give Brian the collywobbles.

Stwory, które stukają i pukają w nocy –
przez nie ciarki nie przejdą Daniela ze strachu!

Things that go Bump in the Night don't give Brian the heebie-jeebies.

Demony Skarpetkożerne

czające się pod łóżkiem nie przerażają Dużego Dzielnego Daniela.

Sock-Munching Demons

that lurk under the bed don't scare Big Brave Brian.

Ale jest jedna rzecz, której boi się nawet **Duży Dzielny Daniel...**

But there is one thing that even **Big Brave Brian** is scared of...

Sprzątania swojego pokoju!

Cleaning his room!